KB132018

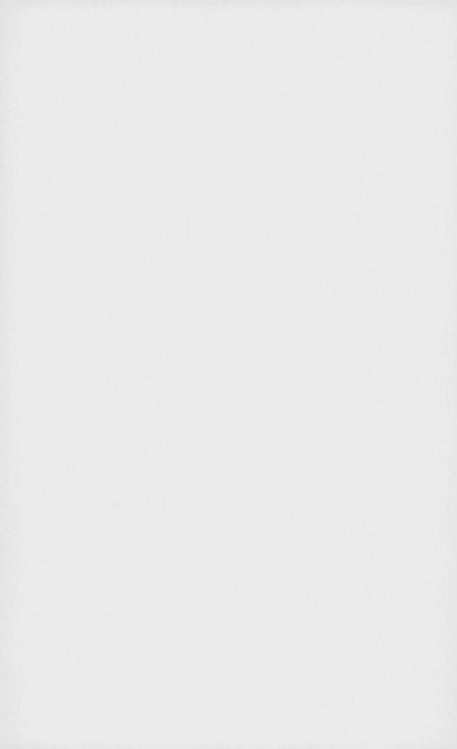

타인의 시선을 많이 의식하는 이유는

과거에 부모님의 눈치나 시선을 많이 의식하며 자라왔거나
부모님이 나에게 기대가 크거나
아니면 부모님 한 분이 매우 엄하거나

내가 무언가를 잘했을 때만 칭찬을 받고
내 존재의 가치를 인정해주는 말을 들었거나

집안 분위기나 형편상
내가 아이인데도 보살핌을 받기보다는
빨리 스스로 잘해내고 어른이 되었어야 했다면

그럼 커서도 내가 애쓰지 않아도
나는 사랑받을 수 있는 사람이라는 생각보다는

타인에게 잘 보여야만 사랑받을 수 있다는 생각에
타인의 시선을 지나치게 많이 의식하며 살아갑니다.
그래서 외롭고 힘듭니다.

차례

2부   내 마음을 힘들게 하는
   사람이 있다면

3부 스스로 조절하기 어려울 정도로
   생각이 많아질 때

일러두기
저자 고유의 글맛을 살리기 위해 표기와 어법은 저자의 방식을 따랐습니다.

1부

타인의 시선을 의식해
힘든 나에게

타인을 의식해 지나치게
배려를 많이 하는 사람

타인을 많이 의식하고 배려를 많이 하는 사람은
어릴 때 내가 필요했고 받고 싶었던 배려와 도움을
많이 받지 못한 사람일 수 있습니다.

계속 스스로 해냈어야 하거나.

그래서 이런 경우는 커서도 타인의 도움을 잘 받지 못하고
힘든 걸 잘 말하지 못하고 외로워지기도 합니다.

그래서 배려가 없으면 얼마나 힘든지 잘 알기에
다른 사람을 많이 신경 쓰고 배려합니다.

이런 스스로의 모습에 지치기도 하고
이런 사람의 경우는
주변 사람들에게서 서운함을 자주 느끼게 됩니다.

왜냐하면 내가 예민하게 배려하는 만큼
상대는 크게 신경 쓰지 않고

모를 수도 있기 때문에.

요즘 주위 사람들에게 서운한 게 많다면
내가 지쳐서일 수 있습니다.
이제는 내가 타인만을 향한 배려에서 잠시 멈춰
지친 내 마음을 배려할 때입니다.

혼자 있는 게 편하다면

지금은 내가 혼자 있는 게 편하다면
혼자 있기를 추천합니다.

내가 누군가에게 애쓸 여력이 없어서
지친 것 같습니다.

그런 지금 상황에서 누군가를
맞춰주다 보면 그 사람이 미워집니다.

지금은 혼자 있고 싶다면
충분히 혼자 있어도 좋을 것 같습니다.

그리고 인간관계로 지쳤다면

아주 오랫동안
외로울 정도로 혼자가 되어보세요.

그럼 두 가지를 명확히 알게 됩니다.

하지만 나는 내가 힘든 걸 알아달라고
말하지 못해요.
왜냐면 말했다가 아무도 몰라주거나
말한 것에 대해 타인의 부정적인 시선이 느껴지면
더 큰 상처를 받기 때문이에요.
왜요? 나는 다른 사람의 얘기가
크게 들리기 때문입니다.
내가 싫어하는 신발과 함께하기 때문에.

이렇게 반복되면 어떻게 되냐면

이제는 말하지 않아도 누가 내 마음을
알아줬으면 좋겠다는 생각이 듭니다.

그 대상은 말하지 않아도 자연스럽게
내 마음을 알아줄 가까운 사람들이에요.
부모님이나 가족 혹은 연인, 정말 친한 친구나 제일 편한 사람.

하지만 말하지 않는데 어떻게 알겠어요.
결국은 알아주지 못하는 것 같으면

그동안 타인으로 인해 쌓인 화가
가까운 사람들에게 나가게 됩니다.

하지만 내 마음은 사실 그들이 많이 미운 게 아니라
내가 힘들어서 그런 거잖아요?
그래서 그렇게 화를 내고 나면 꼭 자책하게 되어
힘듭니다.

그러니까
화를 내야 할 때 못 내고
(다른 사람에게 나를 잘 못 보여주니까)
화를 안 내야 할 때 내게 되고
반복하게 됩니다.

화를 내는 게 스스로에게도 상처가 됩니다.

주위에 사람은 있는데
내 있는 그대로의 마음을 얘기하지 못해
외롭습니다.
내 마음을 알아주는 사람이 없는 것 같아
외롭고 공허합니다.

사람들이 나를 어떻게 볼까를 생각을 많이 해
나를 좋게 보게 하기 위해
누군가 나를 싫어하지 않게 하기 위해 노력하지만
점점 공허함에 무섭고 지칩니다.

그럼 이제는 혼자 있고 싶어집니다.
혼자가 편한 사람이구나 생각할 수 있어요.
혼자가 편할 수 있지만 계속 혼자가 되면
계속 혼자여도 될까 하는 불안감이 찾아와요.

그래서 온 에너지를 여기에 쓰느라
지치고 매일 피곤하고 생각이 많아집니다.

여기서 신발은 '나' 자신입니다.

그러니 만약 내가 상대를 소중한 사람이라 생각해서 잘해줬는데
상대는 받는 걸 당연하게 생각하거나
애쓴 나를 소중한 사람이라고
생각하지 않는다는 걸 알게 될 때
상처받고

그 상처가 반복되면
상처가 계속 쌓인 상태라 이제는 아주 작은 말 한마디에도
크게 무너지고 크게 상처받게 됩니다.

그럼 상처받지 않게 거리를 두거나
상처받지 않게
내가 상대에게 싫다 어렵다 조심해달라 힘들다
표현해야 하는데
이때 내 진짜 속마음인 싫은 얘기를 상대한테
말하지 못하는 이유는

지금 내가 좋아하는 게 없거나
내가 좋아하는 게 뭔지 모를 수 있습니다.
배려만 하느라.

"배려하는 게 잘못된 건 아니잖아요?"

배려를 고맙게 생각하지 않는 사람들이 잘못된 게
아니냐고 말할 수 있지만

내가 힘들면서까지 상처받으면서까지
계속 배려만 하는 건
내가 타인의 시선을 많이 의식해
나와 내가 관계가 좋지 않아서입니다.

계속 나는 배려만 하면서 그걸 상대가
알아주지 않는다고 힘들어하고

상대만 계속 미워하면 내 삶은 몇 년이 지나도

같은 걸로 계속 힘듭니다.
왜냐면 누군가 항상 백프로 내 배려를 알아주는
사람은 없으니 나는 누구에게나 서운할 수 있고
자주 서운해집니다.

그러니 내가 배려를 해서 상처를 받는다면
배려를 줄이거나 멈추는 게 좋습니다.

우리는 누군가와 관계를 좋게 하기 위해
그 사람이 원하는 걸 알고 해주듯
나와 내가 관계가 좋지 않다는 증거는
지금 내 삶에 내가 좋아하는 게 거의 없거나
아예 없는 것입니다.

그게 나와 내가 관계가 좋지 않다는 증거입니다.

그래서 내가 나와
관계가 좋아지는 방법은

(자존감을 높이는 방법, 나를 사랑하는 방법 다 같은 말입니다.)

지금부터
내가 나에게 자주
무엇이 필요한지 물어봐주고
내가 좋아하는 걸 해주는 거예요.

내가 좋아하는 걸 해주라고 하면
이렇게 생각할 수 있습니다.
"내가 좋아하는 게 뭔지 모르겠어요."

뭔지 몰라도 괜찮습니다. 지금은.

앞으로 계속 자주 묻다 보면
내가 분명 내가 원하는 걸 얘기할 거예요.
그리고 항상 내 마음이 원하는 걸 해줄 수 없겠지만

이제는 해줄 수 있는 건 해주는 거예요.

그 사람이 필요한 게 무엇인지 관심을 갖고
물어봐주는 것
그게 모든 좋은 관계의 시작입니다.
그리고 그것은 사랑입니다.

"동혁아 너는 지금 어떻게 하면 좋을 것 같아?"
내가 진짜 단 한 번도 물어봐주지 않았을지 몰라요.

이렇게 나를 사랑하는 행동을 하지 않고
"나는 나를 사랑해야 하는 게 왜 이렇게 어렵지?"
생각만 하면 계속 어렵습니다. 나를 사랑할 수 없습니다.

그러나 여기서 오해하지 말아야 될 건
내가 좋아하는 걸 스스로 물어보면
대부분 우리는 아주 멀리 있는 행복을 말합니다.

제주도 한 달 살기, 스위스 여행 가기
좋은 사람 만나서 결혼하기 아니면

이루고 싶은데 지금 당장은 이룰 수 없는 꿈 등등

물론 그걸 할 수 있으면 너무 좋지만
그걸 당장 해줄 수 없다고
자존감이 낮은 채 살아가야 하는 건 아닙니다.

만약에 하고 싶은 게 있는데 원하는 게 있는데
그걸 못해서 괴롭다면 잘 생각해보세요.

예를 들어 제가 10억을 갖고 싶어요.
자, 그런데 갖지 못해 괴롭습니다.
그럼 저는 제 욕심으로 힘든 게 맞죠?
갖기 위해 노력은 안 하고 갖지 못해 괴롭다면.

그런데 갖기 위해 노력했어요.
그럼 10억이라는 꿈을 향해 달려가는 게 되는 거예요.

욕심이 아니라 이건 희망입니다. 목표이고요.

자, 내가 어떤 걸 하고 싶은데 그걸 하지 못해
괴롭다면 잘 생각해보세요.
내가 그걸 지금 당장 못하는 건 맞는데
어렵다는 말만 계속 하고 욕심만 내서 괴로운 건지
아니면 나는 그 꿈을 이루기 위해
정말 열심히 노력하고 있지만 어려워서 힘든 건지.

욕심이 많아 힘들다면 욕심을 버리고 목표를 얻기 위한
대가(노력)를 지불해야 하고 지불하기까지는 마음이 가지 않아
지불하기 싫다면
어려워서이든 어떤 이유든 아닌 것 같으면
그 꿈을 포기하면 됩니다.

포기하지는 않고 대가도 지불하기 싫다면
(여기서 대가란 그 꿈을 이루기 위한 노력)
나는 욕심이 많아서 괴로운 것입니다.

욕심을 버려야 해요.

우리는 어른이기에
욕심을 낸다고 가질 수 있는 게 아닙니다.

아니면 내가 꿈을 향해 노력하면서 대가를 지불하지만
잘 안돼서 힘들 수도 있습니다.
하지만 그렇다면 나는 분명 잘하고 있는 겁니다.
왜냐면 모든 노력이 성공한다는 보장은 없지만
그 방식이 결국
누군가를 성공시켜주는 방식이기도 하니까요.
잘하고 있는 게 맞습니다.
나는 지금 그 누구도 아닌 '나'로서 살아가고 있는 겁니다.
내가 나에게 원하는 것을 물어봐주고
내가 그 행동을 하고 있다면.

그런데 만족감에 대한 이야기는 이런 것도 있습니다.
예를 들어서 내가 학원에 다녀요.

그런데 어떤 사람이 나에게 친하게 지내자고 해요.

그런데 나는 그 사람이랑 친해지면
내 공부가 잘 안돼서 친해지기 싫어요.
그렇다고 멀리하자니 그 사람이 나를 안 좋게 볼까
주위 사람들도 나를 안 좋게 볼까 걱정돼서
이러지도 못하고 저러지도 못하고 생각하느라 힘들어요.
자존감이 낮으면 선택을 하지 못하고
계속 이걸 반복 생각하며 힘들어하다
결국 자신을 탓하거나 자책하며 또 힘들어합니다.

자, 여기서 자존감을 높이는 방법은
나와 내가 관계가 좋아지는 거죠.
나와 내가 관계가 좋아지기 위해서는
내가 원하는 걸 해주어야 하고
내가 원하는 게 무엇인지 알아야 하니

내가 나에게 일상에서 자주 물어봐주는 거예요.

"(나 자신에게) 누구야 너는 어떻게 하면 좋을 것 같아."

1번, 싫다고 좋게 말한다.
2번, 그냥 맞춰주고 받아주며 공부한다.
3번, 자연스럽게 거리를 둔다.

스스로에게 물어봐주는 거예요.
그런데 1번을 지금 택하고는 싶은데
사람들이 혹은 그 사람이 안 좋게 볼까라는 생각에
1번을 택하지 못하고 2번을 택해야 되나
상충돼서 선택을 못 한다고 해요.

자, 여기서 꼭 드리고 싶은 말씀은
삶에 완벽한 선택지는 없어요.

위의 예를 들면 완벽한 선택지는
그 사람이 나에게 말을 안 걸고
나는 그냥 공부에만 집중이 잘되는 것이지만

그 선택지는 없기에

우리는 저 보기 중에 최선의 행복을 선택하는 거예요.

내가 나에게 물어봐주고 선택하지 않으면
저 문제로 계속 힘들고요.
자존감이 높아지지 않아요.
자존감은 나와 나와의 관계
내가 나에게 물어봐주고 내가 원하는 것을 해주는 것.

스스로에게 물어봐서
1번을 선택했는데 마음이 편하다면
그럼 이 선택은 잘 선택한 거예요. 나에게 맞게.
나는 이때 만족감이 생길 거예요.

내가 원하는 것을 내가 물어봐주고 행동을 했고
내가 원하는 상황이 되었으니까
나에게 맞는 삶을 얻은 거예요.

그런데 만약에 1번을 선택했는데

그동안 고생했으니까 더 앞으로 나아가지 말고
더 잘하려고 하지 말고

그냥 나의 마음을 돌아봐주세요.
무엇이 필요한지
내가 스스로에게 해줄 수 있는 게 무엇일지.

그것이 근본적으로 앞에서 말한 문제들에서
좋아질 수 있는 방법입니다.

내가 나를
좋아하는 신발을 보듯 바라볼 수 있게 되면
타인의 시선에서 자유로워질 수 있고
내가 나를
좋아하는 신발을 보듯 바라보기 위해서는
내가 나와의 관계가 좋아져야 합니다.

나에게는 지금 그게 필요합니다.

그동안

우울하고 자책을 많이 하고 타인의 시선과 언어에 따라

감정의 기복이 심해지고

나에 대한 안 좋은 말이 크게 들리고 떨쳐버리지 못해 힘들고

내가 한 말과 타인이 한 말을 혼자 뒤돌아서 생각하고

그래서 지치고

남들이 나를 어떻게 볼까 시선과 언어에 눈치를 보고

그리고 좋은 언어와 시선을 받기 위해 애쓰게 되고

내 힘든 이야기를 못 해

내 마음을 알아주는 사람이 없어 외롭고

내 안 좋은 모습들은 감추고

상대가 좋아할 만한 모습만 보여주려 하고

항상 밝은 척해서 지치고

화가 가까운 사람에게 나가고 자책하고

내 삶에 내가 좋아하는 게 없어 우울하고

그동안 행복하지 못했다면

이 문제로 힘든 나를 자책할 게 아니라

오히려 그동안 열심히 살아온 나를 다독이며
나와 나의 관계를 회복하는 데 집중했으면 좋겠습니다.

내가 나를 따뜻하게 바라봤으면 좋겠습니다.

내가 나를 따뜻하게 바라보는 건 두 가지입니다.

첫째 내가 스스로에게 물어봐주고
변하고 싶은 모습이 있어서 변하고 싶다면
(예를 들어 어떤 단점의 변화, 무언가 잘 못했다면
스스로 바라는 모습)
내가 나를 변할 수 있게 기다려주는 것.
기다림은 따뜻함입니다.

내가 이렇게 하지 않아 힘들었다면
지금은 이 따뜻함이 필요할 때입니다.

둘째는 내가 나에게 일상에서 자주 물어봐주는 것.

잃어버린 나를 찾고 나를 알아갈 수 있게.
그리고 항상 그럴 순 없겠지만
내가 원하는 걸 내가 해주면서(최선의 행복)
나와 내가 관계를 회복하고
원하는 걸 해주었지만 결과가 좋지 않으면
나를 알아가는 데이터로 삼고 계속해서 나를 알아가는 것.

왜냐면 나를 아는 만큼 내가 원하는 걸 해줄 수 있고
자존감은 나와 나와의 관계고
관계가 좋아지기 위해 그 사람이 원하는 걸 해주는 것처럼
내가 원하는 걸 해줄 때 자존감이 높아지게 되니까.

하지만 이 이야기가 분명 쉽지 않습니다.
쉽지 않은 이유는
왼손으로 밥을 먹는 것과 같아서 그래요.
우리가 오른손잡이면 왼손으로 밥 먹는 게 어떻죠?

어색해서 안 해봐서 힘들어요.

그리고 열심히 하는 사람과 비교하며
자신을 탓합니다.

그리고 무언가 도전할 마음도 줄어들고
지금의 도전하지 않는 내 모습도 싫습니다.

너무 잘하려고만 해서 잘하지 못한
내가 받아들이기 어려워서 그렇습니다.

그러다 보면 무언가를 지속할 힘을 잃게 됩니다.

내가 지금 이런 상황이라 고민이 된다면
하고 싶어서 시작하는 일
잘하고 싶어서 시작하는 그 일을

너무 잘하려는 마음 대신
그냥 만나러 간다 생각하고
하면 좋을 것 같습니다.

그냥 만나러 간다
그럼 마음의 짐이 많이 줄어들게 됩니다.

그럼 잘하려는 마음은
가지면 안 되냐고 묻는다면

잘하려는 마음은 갖되
대신 잘하지 못한 나도 따뜻하게
바라봐주면 좋겠습니다.

잘하고 싶은 그 일을
처음부터 너무 완벽히 일등이 되려는 게 아니라
만나러 간다 생각하는 것입니다.

그럼 나는 잘하지 못한 순간에도
부담이 없으니 지속할 수 있고
그 일을 반복하게 되고
반복이 모여 실력을 만듭니다.

그럼 나중에 분명
잘하게 되는 게 맞습니다.

처음부터 잘하는 사람은 없습니다.
잘한다고 해도 처음 시작한 사람 중에
잘하는 것이지 진짜 잘하는 사람은 아닙니다.

진짜 잘하는 사람은 오래 한 사람입니다.
반복해서.

그러니 나도 진짜 잘하는 사람이 될 수 있게
너무 잘하려는 마음만 갖지 말고
잘하지 못한 나도 조금 따뜻하게
바라볼 수 있었으면 좋겠습니다.

아무리 예쁜 길도
아무리 좋은 길도
내가 걸을 수 있는 힘보다 더 걷게 되면

걷기 싫어집니다.

무기력해지는 것입니다.

어느 순간 원하는 방향으로 가다
무기력해졌다면
두 가지 때문입니다.

지쳤거나
너무 잘하려는 마음이 앞서
잘하지 못한 나를 만나면 하기 싫어지거나.

감정 기복이 심한 이유

감정 기복이 심한 이유는

첫째 나의 감정이 타인의 언어와 행동에 따라
결정되기 때문입니다.
그러니 감정 기복이 심하다면
나는 심하게 타인의 언어와 행동을 의식해서이고

둘째 자신을 성과로 판단하기 때문입니다.
열심히 하고 있지만
그것이 안정되지 않고 잘 안돼서 그렇습니다.
그래서 그게 잘되는 것 같으면 기분이 좋고
조금 안되면 금세 우울해집니다.

당신에게 중요한 것

당신이 항상 밝은 사람이 되는 것보다
당신이 당신의 밝지 않은 모습도
사랑할 수 있는가가 중요합니다.

당신이 큰 꿈을 가지고 있는 것보다
당신의 오늘의 작은 만족이 무엇인지
아는 것이 더 중요합니다.

당신이 많은 곳을 여행하며
좋은 장소를 찾으려 애쓰는 것보다
지금 있는 장소와 지금 곁에 있는 사람들의
좋은 점을 기억하는 것이 더 중요합니다.

당신이 생각이 많아 많은 문제를 예방하려는 것보다
당신이 지금의 좋은 것을 더 오래
바라볼 수 있는가가 중요합니다.

당신에게 많은 사람이 연락하는 것보다

당신이 주제 없이 마음 편히
연락할 수 있는 사람이 있는가가 중요합니다.

당신이 연인이 있는가보다
당신이 기댈 사람이 있는가보다
당신이 기대지 않고도 혼자
자신의 만족이 무엇인지 알고
채워나갈 수 있는 사람인가가 중요합니다.

당신이 어떤 일을 하는지는 중요하지 않습니다.
당신이 지금 오랫동안 하고 싶은 일을 찾고 있는가와
찾기 위해 실질적인 노력을 하고 있느냐가 중요합니다.

당신에게 중요한 건
당신이 지금 걱정해도 달라질 게 없는 일이 아니라
당신이 지금 집중해서 한다면 변하고
달라질 수 있는 일들입니다.

당신이 지금 보내는 이 시간이
당신의 미래의 모습으로 다가올 것입니다.
그래서 지금보다 중요한 건 없습니다.

그래서 당신은 정말 중요한
생각들을 놓치면 안됩니다.

당신이 어떤 어려움이 있었는가보다
당신이 한 번쯤 당신의 삶을 바꾸기 위해
모든 걸 걸고
정말 최선을 다해보았는가가 중요합니다.

당신은 젊기에
가난한 사람이 아니며
당신은 젊기에
불쌍한 사람이 아닙니다.

당신이 지금 어떤 모습이어도

당신은 시간을 통해 변할 수 있는

시간을 가진

기회를 가진 사람입니다.

바뀌고 싶다면

내가 바뀌기로 마음먹었다고 하면
진짜 마음을 독하게 먹어야 한다.
왜냐면 내가 생각했던 것보다
훨씬 더 어렵다.
내가 바뀐다는 건.

내가 지금 지쳤다면

내가 지친 만큼 내 속도로 가세요.
천천히
그렇게 간다고 해도 뒤처지는 것이 아닙니다.

나는 내 속도로 잘 가고 있는 것입니다.

어차피 우리는 목적지가 다 다릅니다.

2부

내 마음을 힘들게 하는
사람이 있다면

사람이 미워지는 3가지 이유

첫째 나는 그 사람을 기다리는데
상대방은 나를 소홀하게 대할 때
그럼 내가 존중받지 못한다는 생각이 듭니다.

둘째 앞에서는 좋은 척 웃고
뒤에서는 내 이야기를 하고 다닐 때

셋째 자신의 기분에 따라 나를 함부로 대할 때

사람이 미운 것에는 분명한 이유가 있습니다.
그 이유를 잘 생각해보면 꼭 미운 행동을 하는 사람이 있습니다.

나는 후회로 힘들어하는 긴 시간을 보내게 됩니다.

사랑받으려는 사람이 되지 말고
사랑하는 사람이 되어보세요.
그리고
내가 줄 수 있는 만큼의 사랑을 주는 거예요.

그것이 그 사람에 대한 내 마음이며
내가 할 수 있는 최선의 사랑입니다.

그 사랑의 결과는 알 수 없고
그 사람의 마음은 전부 확인할 수 없습니다.

그러나 당신은 살면서 종종 누군가와 함께하든
함께하지 않든 공허함을 느끼게 될 것입니다.

그 공허함을 그 사람의 사랑으로
채우려고 하면 안 됩니다.

왜냐면 타이밍이 맞지 않을 수도 있고
내가 그 사람이 주는 사랑을 눈치 채지 못할 수도 있습니다.

그러니 공허함을 그 사람의 사랑으로
채우려고 하면 자주 오해와 실망을 하게 되고
집착하게 됩니다.

나의 지금의 공허함은 누군가가 아니라
나로써 채워야 합니다.

지금 내가 내 삶을
보기 좋게 가꾸거나
지금 이 순간 내가 기분 좋을 수 있는
작은 일들로 채워나가거나
내가 생각하기에
가치 있는 일들을 계획하고 실천하거나.

그러다 때로는 공허해도 괜찮습니다.

누가 있어야 공허하지 않고
누가 뭘 해주어야 공허하지 않은 삶은
타인에게 기대는 삶이며
자주 공허할 수밖에 없습니다.

내가 스스로도 혼자서 공허함을 채울 수 있고
매일 그럴 순 없겠지만
내 삶에 내가 만족을 채울 수 있는 사람이 된다면

나는 더 이상 누군가에게
사랑받으려고만 하지 않을 것입니다.

내 공허함을 나로 채울 수 있다면
나는 나를 사랑하고 있는 것이기 때문에.

시간이 지나면 알게 되는 사실들

고민했던 일이
깊게 고민하지 않아도 될 일이었다는 것과

사랑의 이별이 괴로운 건
얼굴을 못 보게 되는 것보다
잘해주지 못한 후회의 아픔이
훨씬 나를 힘들게 한다는 것과

내가 나를 믿지 못해 아무것도 안 하는 것보다
내가 나를 믿고 실천하면서 실수와 실패를 통해
얻는 것이 훨씬 많았다는 사실

사랑하는 사람을 만날 때는 있는 그대로

사랑하는 사람을 만날 때는 있는 그대로 만나야 합니다.
그러지 않고 그 사람을 내가 원하는 모습으로
바꾸려 할수록 나도 괴롭고
그 사람도 괴롭습니다.

그럼 두 사람은 같은 마음으로 함께할 수 없습니다.
한 사람은 한 사람을 바꾸느라 지치고
다른 한 사람은 처음에 좋아하는 마음으로 변화하려다

앞으로 다른 것들을 계속 변화시키지 않으면
결국은 자신이 그동안 변했던 것들도
의미가 없다는 걸 알고 지치게 됩니다.
계속 끝없이 변화해야 되는 것에.

물론 당신이 모든 사람을
그렇게 만날 필요는 없습니다.
그러나 당신이 진심으로 사랑을 주고 싶은 사람에게는
그렇게 만나길 추천합니다.

그래야 그때 상대는
당신에게 사랑받고 있다는 느낌을 가장 크게 받게 됩니다.
그것이 진정한 사랑입니다.
상대가 사랑을 받는다는 느낌을 주는 것이.

상대는 느끼지 못하는데
내가 사랑을 주고 있다고 생각하며
그걸 느끼지 못하는 상대를
미워하는 건 사랑이 아닙니다.

물론 나만 이렇게 해서 사랑이 유지되지는 않습니다.
일방적인 사랑은 상처를 줍니다.
사랑을 주는 사람에게.

그러나 서로가 이렇게 사랑할 때 그 사랑이
온전히 오랫동안 지속될 거라 생각합니다.

그러나 사랑하는 사람을 사랑하기 이전

나는 나를 사랑해야 하기에
내가 그 사람과 함께 있을 때
정말 괴롭거나 내가 속상하거나 내가 감당하기 힘든 점을
나를 위해 그 사람에게 대화하고 표현해야 합니다.

참기만 한다면
그건 또 나를 사랑하는 것이 아니니까요.

내 마음이 계속 상처받고 좋지 않고
나를 사랑하지 않으면서 타인만을 사랑한다면
나를 잃어버리게 됩니다.

그리고 나를 위한 사랑이 아닌
타인을 위한 사랑은 시간이 지날수록
내 마음을 더 공허하게 만듭니다.
그래서 지속할 수 없습니다.

행복하기 위해 사랑을 하는데

나를 사랑하지 않으면서 타인만을 사랑하는 건
나에게 행복을 줄 수 없습니다.
그래서 타인을 사랑하기 이전
나를 먼저 사랑해야 합니다.
그래서 내가 정말 감당하기 힘들거나
어려운 부분을 대화해야 합니다.

그럼 상대가 나를 사랑한다면
자신이 주고 싶은 사랑 말고
내가 받고 싶은 사랑을 주기 위해 노력할 것입니다.

그것이 무엇인지는 잘 모르니
마음이 있어도 시간이 걸릴 수도 있겠지만
내가 정말 감당하기 힘들고 불안한 부분을
표현한다면 이제 상대도 알게 되기에
서로 어려운 부분을 줄이거나 대화하며
조율해나갈 수 있습니다.
상대가 나를 사랑한다면.

그러나 그렇지 않다면 시간이 지나
두 사람은 자연스럽게 멀어질 것입니다.
헤어지게 될 수도 있습니다.
그건 두 사람이 잘 맞지 않아서입니다.

잘 맞고 안 맞고는
두 사람의 모습과 성향이 비슷하다는 뜻이 아닙니다.
비슷해도 다른 것도 많습니다.
잘 맞는다는 건 서로 다른 점들을
함께 좋은 방향으로 맞춰나갈 수 있다는 것입니다.

그것이 잘 맞는 것입니다.

그리고 당신이 누군가를 사랑한다면
도덕에 어긋나지 않는다면
주위 사람들이 아니라고 해도 사랑하는 것이 맞습니다.
왜냐면 당신의 사랑은 당신을 위해 하는 것이기에
당신의 사랑은 주위 사람을 위해 하는 것이 아니기에.

매력 있는 사람과 없는 사람의 차이

매력이 있는 사람은
몇 번의 사랑의 실패에도
끝까지 자신을 믿어
결국에는 자신을 인정하고 좋아하는 사람을
만나는 사람입니다.

매력이 없는 사람은
몇 번의 사랑의 실패로
자신이 매력이 없다 생각하여
자신을 매력 없다고 포기하는 것입니다.

그래서 당신의 모습은 당신이 정하는 것입니다.

미래를 예측하지 말고 살아보세요

미래를 미리 예측하지 마세요.
굉장한 스트레스를 받아요.
지금을 충실히 하다
원치 않은 일이 일어나면
그때 그 상황에서 대처하는 방법을 세우고 배워요.

그렇게 마음을 편히 갖고 살아보세요.
그래서 더 행복해진다면
계속 그렇게 살아도 되는 것입니다.

타인이 당신을 좋아하는지
좋아하는 척하는지 알 수 있는 방법

타인이 당신을 좋아하는지 아니면
좋아하는 척하는지 아는 방법은
당신이 그들에게 무언가를 주었을 때
그 사람의 반응입니다.

그 사람이 무언가를 받을 때만 당신을 좋아하면
그 사람은 당신을 좋아하는 게 아닙니다.

당신이 힘이 없어 보일 때 당신에게 말을 걸어준다면
그 사람은 당신에게 관심 있고
당신을 좋아하는 사람입니다.

당신이 인간관계에서 상처를 적게 받는 방법은
진심으로 대하는 사람과 그렇지 않은 사람을 구별하고
그에 어울리게 사람을 대하는 것입니다.

하지만 진짜 문제는 당신이 진심으로 좋아하는 사람이
당신을 진심으로 좋아하지 않거나

당신의 마음을 이용하거나
그 사람도 진심인 줄 알았는데
시간이 지날수록 아닌 걸 알아갈 때
당신의 마음은 속상하고 힘들어집니다.

애초 기대를 하고 준 마음이 아니기에
자연스럽게 마음을 준 것이기에.

이 사실을 알게 되면 상처가 되지만
쉽사리 마음을 정리하기 어렵고
이런 사람에게 시간을 쓴 건가 하고
자책하기도 하고 스스로가
바보 같다고 느껴질 수도 있습니다.

이럴 때 당신이 상처를 덜 받는 방법은

스스로에게 똑같이 질문하는 것입니다.
이 사람이 나에게 마음을 주지 않아도

진심으로 대하지 않아도 나는 내 마음은
이 사람을 여전히 진심으로 좋아하는가

아니면 이 사람의 진심을 받아야만 나도
이 사람을 진심으로 계속 좋아할 수 있는가

물론 더 큰 사랑은
그 사람에게 마음의 진심을 받지 않아도
그냥 곁에 있을 수만 있어도 내 진심을 주기만 해도
내가 행복한 관계가 될 수 있을지 모릅니다.

그게 가족이든 연인이든 무엇이든

중요한 건 누가 그렇게 했냐가 아니라
당신이 지금 정확히 어떤 마음이냐인 것입니다.
당신의 정확한 마음을 알아야
당신의 마음에 맞게 행동할 수 있습니다.

만약 그 사람의 진심을 받지 않아
당신이 더 그 사람에게 진심의 마음을 줄 수 없다면
억울하고 서운해할 것 없습니다.

내 마음도 그렇게 크지 않은 것입니다.
무언가를 받아야만 줄 수 있는
마음의 크기였던 것입니다.

그러니 내 마음도 나만 계속 줄 수 없으니
이 관계는 지속되기는 어려울 수 있습니다.

속상한 일은 맞지만
내가 영원히 사랑받을 수 없는 사람
사람에게 매일 배신당하는 사람은 아닙니다.

이런 일이 자주 있었다면
내가 내 마음에 대해
상대 마음에 대해 잘 몰랐을 뿐입니다.

내가 상처를 덜 받을 수 있는
가까이 하면 좋은 사람은
진심을 받지 않아도
내가 진심을 주고 싶은 사람

그리고 내가 힘들어할 때
조용히 있을 때도 먼저 찾아와 나의 안부를 묻는 사람

이들이 많지 않아도 됩니다.
이런 이들이 있다면 소중한 사람을
이미 얻은 것입니다.

그리고 이들과 또 문제를 겪어 멀어질 수도 있겠지만
그래도 그중 시간이 오래 지나도
함께하는 사람들이 있을 것입니다.

이 모든 건 실패가 아니라
그 사람을 알아내기 위한 시간이라고 믿어보면 좋겠습니다.

스트레스

사람으로 스트레스 받지 말자.
그 사람이 어떻게 하든
나는 내 할 도리를 다하고
아니다 생각이 들면
그때 그만해도 늦지 않는다.

가장 힘든 사람

지금 이 순간 가장 힘든 사람은

생각이 너무 많아
생각을 멈추고 싶어도
조절이 안 되는 사람

함께하는 사람을 못 믿고 의심하는 사람

자신을 못났다고 생각하는 사람입니다.

사랑하고 있지만 마음이 불안하다면

사랑을 받아본 적이 없는 사람은
다른 사람이 주는 사랑을 온전히 받기 힘듭니다.

사랑을 받아본 적이 없기 때문에
자신을 사랑하는 사람의 사랑을 의심하게 되거나
사랑을 받아 좋기도 하지만
그 사람이 다른 사람에게도 이런 마음을 줄까
나에게 주는 이 마음이 거짓은 아닐까 하는 생각들로

가장 믿고 싶은 사랑을 만나는 시간에도
가장 많이 사랑을 의심하며 불안해합니다.

그러다 결국 상대가 더 이상 나를 사랑하지 않을 때까지
의심하다가 사랑이 끝난 후에야 생각합니다.

'역시 난 사랑받을 수 없는 사람이야'

가족이든 친구든

내가 애쓰지 않아도 나를 좋아해주는
경험을 많이 가진 사람일수록
나를 사랑하지 않는 사람을 떠나보낼 줄 알며
내가 사랑하는 사람에게 집중해서 사랑을
나눠줄 줄 압니다.
자신이 받았던 기분 좋은 사랑을
상대에게도 나눠줄 수 있게 됩니다.

그러나 내가 애쓰지 않으면
나를 좋아해주는 경험이 적거나 없을수록
사랑받고 싶은 마음을 놓지 못하며
(반대로 마음을 잘 놓는다면
너무 많이 상처받아 조금만 상처받거나
상처받을 것 같으면 마음을 놓고 벽을 두고
혼자가 되는 경우입니다.)

또 나를 사랑해주는 사람이 있어도
그 사랑을 온전히 받지 못하고 불안해합니다.

그리고 불안함으로 원치 않게 옆 사람을 힘들게 했다면
스스로를 자책하고 있을 겁니다.

당신도 누군가에게
온전히 사랑받을 수 있는 사람이고
당신도 누군가를
온전히 사랑할 수 있는 사람이라는 사실을
믿을 수 있었으면 좋겠습니다.

이 세상 누구도
영원히 사랑받지 못하는 사람은 없습니다.

사람은 살면서 누군가 한 사람을
굉장히 크고 아름다운 마음으로 사랑하게 되어 있습니다.

그러니 당신을 누군가가 사랑할 수 있는 건
당연한 일이고
당신이 누군가를 사랑하는 일도

당연한 것입니다.

당신을 누군가가 사랑하고
당신도 그의 옆에 있기를 원한다면
그 사랑이 영원히 있기를 바라지 말고
그 사랑이 행복하게 있을 수 있게
지금의 마음에 더 집중하고
사랑해야 합니다.

그 사랑이 영원할지 영원하지 않을지는
누구도 예측할 수 없지만

그 방법이 가장 깊고 행복한 사랑의 날들을
가능한 최대한 많이 만들어나갈 수 있는
단 하나의 방법입니다.

영원해야 한다는 생각은
그 사람의 지금 마음을 돌보지 못하고

미래의 불안을 돌보느라
그 사람에게 집중할 수 없고

그 사람의 사랑이 변할까에 집착하게 되어
그 사람을 속박하고 소유하려 합니다.

사랑이 무엇인지 모르겠다면
사랑은 무엇을 하든 함께하면 행복한 것입니다.
당신이 그리고 그 사람이
무엇을 하든 함께할 때 행복하다면
당신도 그 사람도 서로 지금
사랑하고 있는 것입니다.

그렇게 사랑을 믿게 된다면
당신도 사랑받을 수 있다는 사실을
알게 된 것입니다.

영원한 사랑을 받아야 사랑받을 수 있는

사람이 되는 것이 아닙니다.
지금 함께하면서 즐거운 사람이 있다면
그 사람도 나와 함께 있으면 즐거워한다면

당신은 사랑받고 있는 것이며
사랑하고 있는 것입니다.
그리고 반대로
옆 사람이 불안해하고 있다면
손을 잡고 눈을 맞추고

자주 말해주세요.

사랑한다고
사랑해줘서 고맙다고

오랫동안 함께하자고
아름다운 날들을.

내가 좋아하는 사람

내가 아껴야 될 사람은

기쁜 일이 생겼을 때 가장 먼저 생각나는 사람
슬픈 일이 있을 때 가장 먼저 말하고 싶은 사람
그 사람의 힘듦이 내가 진심으로 걱정되는 사람
자주 봐도 질리기보다는 계속 함께하고 싶은 사람

그 사람은 당신이 정말 많이 좋아하는 사람입니다.

나의 인격을 높여주는 말

당신이 일을 굉장히 잘하거나
말을 잘하거나 힘이 있어도

타인을 대할 때 당신의 행동에서
작은 언어에서조차 존중이 없다면

당신은 참 별로인 사람입니다.

당신이 누구를 대하든 타인을 대할 때
얼마나 타인을 높여주는지가 당신이
높임을 받을 수 있는 사람인지 아닌지를 정합니다.

만약 당신이 타인보다 강해 보이기 위해
이기기 위해 타인을 무시하거나 내려다본다면
당신은 존중받을 자격이 없는 사람입니다.

당신의 소중함은 존재로서 나오지만
당신에 대한 타인의 존중은 존재로서 나오는 것이 아닌

당신이 타인을 대하는 태도에서 나옵니다.

물론 내가 존중해도
나를 존중하지 않는 사람들도 있습니다.

그 사람들을 자세히 보면
어디를 가도 존중받지 못하는 사람들입니다.

그래서 열등감을 가지고 있어
자신이 더 강해 보이기 위해
타인에게 늘 먼저 상처 줍니다.

인격이란 그 사람의 높이를 나타내는 말입니다.
열등감이란 스스로가 스스로를 바라보는 높이를 나타냅니다.

당신의 인격의 높이는 어느 정도인가요.
인격의 높이를 높이고
열등감의 높이를 낮추기 위해서는

당신이 타인을 나와 같은 소중한 높이로 바라보고
거기에 맞는 언어를 사용해야 합니다.

가장 기분 좋은 말은
상대방의 애쓴 마음을 알아주는 말이고

가장 기분 나쁜 말은
조언이라며 너를 위해 하는 말이라고
가르치려 하는 말이고

가장 고마운 말은
내 곁에 있어줘서 고맙다는 말이고

가장 용기가 되는 말은
나는 언제나 너를 믿어 네 편이야라는 말이고

가장 위로가 되는 말은
나 같아도 힘들었을 거란 공감의 말입니다.

내 진짜 사람들

내가 잘해야만
내 곁에 있는 사람들은
내 진짜 사람들이 아닙니다.

내가 잘하지 못해도
내 곁에 남아 있는 사람들이
내 진짜 사람들입니다.

그러니
사람들에게 항상 잘하려고 하지 않아도 됩니다.
그냥 당신의 모습 그대로 하면
많은 사람들이 떠나갈 것입니다.
당신의 가짜 사람들이.
그리고 진짜 사람들만 남을 것입니다.

당신은 늘 가짜 사람을 진짜 사람보다
더 많이 신경 쓰느라 진짜 사람들에게
소홀해졌을지 모릅니다.

남아 있는 사람들이
당신이 신경 써야 할 사람들입니다.

당신이 가까이 하고 싶지만
당신에게 상처를 준 사람도 있을 것입니다.

그럴 때 당신은 고민할 것입니다.
이 사람을 떠나야 될까 곁에 있어야 될까.

좋은 모습만을 가진 사람을 기대한다면
나는 누구와도 함께할 수 없습니다.

나에게 상처 준 모습도 그 사람입니다.
내가 그 사람의 진짜 사람이 되고 싶다면
곁에 남으면 되고

그 사람의 그 모습에 내가 너무 힘들다면
그 사람의 진짜 사람이 되지 않고

거리를 두면 됩니다.

도덕적으로 잘못한 게 아니라면
누구도 잘못하거나 나쁜 사람
부족한 사람은 없습니다.

서로가 맞지 않을 뿐입니다.
서로가 다른 환경에서 오랫동안 자라왔기에.

나와 다른 사람을
내 마음을 몰라준다는 이유로 미워하는 건
시간 낭비이고 불필요한 감정 소모입니다.

그냥
서로가 서로에게 맞는
진짜 사람을 찾아 길을 돌아서면 됩니다.

혹시 내 진짜 사람을 만나지 못했다 해도

걱정하지 마세요.

서로 비슷한 사람 닮은 사람은
분명 어느 공간에서 서로 만나게 되어 있습니다.
마음이 닮은 사람끼리는 끌어당기는 힘이 있습니다.
그래서 어느 한 사람을 자세히 바라보면
그 주위의 사람들은 그와 비슷한 색을 지닙니다.

당신은 어떤 색을 지녔나요?
당신의 색을 당신이 사랑할 때
당신은
당신의 색을 진정 사랑해주는 사람을 만날 수 있습니다.

아깝지 않은 사람

아무리 주어도 아깝지 않은 사람이 있다면
그건 이미 내가
그에게 많은 행복을 받아서입니다.

타인을 이용하려는 사람

당신이 타인을 이용하려고 한다면
타인은 사실 이미 다 알고 있습니다.

당신이 필요할 때 목적을 달성하기 위해
상대의 기분을 맞춰주는 척을 한다는 걸

상대에게서 원하는 것을 얻는다는 걸

그리고 그 원하는 게 충족되면 타인에게
다시 무관심해진다는 걸

타인이 절대 모르지 않습니다.

타인은 다 알지만
당신과의 그동안의 시간이 소중하기에
당신에게 도움을 주는 것입니다.

순간의 이익을 얻기 위해 타인을 계속

이용하다 보면 당신이 정말 사람이 필요할 때는
아무도 없을 수 있습니다.

타인에게 도움을 받는 게 잘못된 게 아니라

도움받을 때만 타인에게 관심이 있는 척
도움이 필요 없을 때는 타인이 어떤 상태이든
전혀 무관심한 것 이것이 잘못된 것입니다.

그리고 타인에게 어쩔 수 없이
도움을 받았다면 정말 고마워해야 합니다.

나도 타인의 일에 관심을 갖고
마음을 쏟아주어야 합니다.

그래야 타인도 배려한 게 아깝다고
생각하지 않고 도움을 준 것이 오히려
잘했다고 생각이 들어 또 도와주고 싶어집니다.

진정으로 좋은 관계는
서로가 서로를 위해 희생하고 싶은 관계입니다.

받기만 하는 관계
주기만 하는 관계는
두 사람 모두 좋을 수 없습니다.

서로 주고받는 것이 가장 좋습니다.
대단한 게 아니어도
따뜻한 말 한마디어도

한 사람은 안 그러는데
한 사람만 계속 따뜻하게 말하면
그 따뜻한 온기가 금세 식어버립니다.

아주 작은 말 한마디라도
주고받을 수 있는 사람을 만나세요.
그것이 좋은 관계입니다.

입장

자신의 입장에서 생각하면
무조건 자신이 피해자입니다.

그래서 나만 생각하고 내가 옳다고
강력하게 말하면 남에게 상처 주게 됩니다.

나만 생각하면서 말하는 건 대화가 아니라
아이처럼 그냥 떼쓰는 것입니다.

어른의 대화는 서로의 입장을 들으면서
이야기하는 것입니다.

편한 사이

편안한 사람의 정의는
나를 많이 아는 사람이 아니라
내 마음을 많이 생각해주는 사람이고

편안한 관계가 이어지기 위해서는
나부터 먼저 그 사람 마음을 들여다봐야 합니다.

두 사람이 모두 상대의 마음을 생각해
말하고 행동한다면 편안한 관계가 됩니다.

편안한 관계란 자주 보고 싶은 관계입니다.

내 인생에서 가장

가장 슬픈 실수는
나에게 잘해준 연인을 내 잘못으로 떠나보낼 때

가장 기쁜 일은
내가 마음에 담아두었던 꿈이 이루어진 순간

가장 용기가 나는 순간은
정말 내가 마지막이다 생각하고 간절할 때

가장 기분 좋을 때는
누군가 그동안 애쓴 내 마음을 알아줄 때

가장 후회될 때는
내가 하고 싶은 말들을 못 하고 지나갈 때

3부

스스로 조절하기 어려울 정도로 생각이 많아질 때

지나고 보니

지나고 보니
말할까 말까면 그냥 말하지 않는 게 좋고
꼭 말해야 될 건
용기내서 말하는 게 좋았다.

어느 날

당신에게 힘듦이 와도
당신이 버틸 수 있는 만큼만 오기를

당신에게는 특별히 상처를 빨리 잊을 수 있는 능력이 생기기를
그래서 상처가 와도
상처받은 채 살아가는 사람이 아니라
상처를 딛고 일어나 웃을 수 있는 사람이 되기를

당신이 혼자인 것 같은 어느 날엔
누군가 당신을 편하게 찾아와
당신에게도 당신을 기다리는 사람이 있다는 걸
알게 되기를

당신에게 밤이 찾아오면
어둠의 두려움보다 반짝이는 별을 볼 수 있는 사람이 되기를
어둠 속에서도 희망을 볼 수 있는 사람이 되기를

예고 없이 찾아오는 봄처럼

당신에게도 당신에게 가장 잘 어울리는
봄 같은 사랑이 찾아오기를

때로는 삶이 혹독하고 당신에게 많은 아픔을 주지만
그 속에서 당신에게 아름다운 선물 같은 날들이
존재한다는 걸 알게 되는 삶이 되기를

어느 순간에도 당신이 절대
당신의 손을 놓고 미워하고 버리지 않기를

당신과 당신이 인생이란 아주 먼 여행을
완벽하진 않지만 즐겁게 다녀올 수 있기를

주변 사람들에게 서운함을 자주 느낀다면

주변 사람들에게 반복적으로 서운함을 자주 느껴
혼자 기대하고 실망하고 기대하고 실망하고
반복하게 되고

내가 상대방에게 소중한 사람이 아니라는 걸 알게 되거나
중요하지 않은 사람이라는 것을 알게 될 때
속상하고 마음이 아픕니다.

소중한 사람을 소홀히 대하거나
고마움을 모르는 사람들이 문제인 것 같단 생각이 듭니다.

그러나 이런 일이 반복적으로 계속 일어난다면
혼자 기대하고 혼자 실망하는 이유는
그동안 충분한 대화가 없었기 때문일 수 있습니다.

예를 들어 성격이 털털한 친구가 있습니다.
이 친구는 힘들 때 정말 같이 있어주는 친구가
좋은 친구라 생각합니다.

그리고 또 민감한 친구가 있습니다.
이 친구는 자신의 연락에 바로 바로 답장을 자주 해줘야
자신을 소중히 대한다고 생각합니다.

그런데 두 사람은 좋아하는 마음이 서로 같습니다.

그런데 민감한 친구가 털털한 친구에게 자주 서운해합니다.
연락에 바로 답장을 자주 안 하기 때문이죠.
그러다 우연히 봤는데 다른 친구의 연락은 바로 답장하는 거예요.
자세히는 모르지만.

그래서 어느 날 둘이 가벼운 다툼이 있었고
연락을 중요시하는 민감한 친구는 연락을 기다렸습니다.
털털한 친구는 생각을 충분히 정리하고 연락하려고 했죠.

민감한 친구는 그날 생각했어요.

아 털털한 친구는 나를 소중한 사람으로 생각하지 않는구나

그래서 연락을 하지 않는구나
나도 이제 혼자 기대하지 말고 거리를 둬야 겠다
나 혼자 애쓰는 관계에서 더 이상 상처받지 말자

그리고 이후에 털털한 친구에게 연락이 왔지만
마음이 닫힌 친구는 더 대화하지 않았습니다.

털털한 친구는
그 시기쯤에 가족 문제로 힘들어 하고 있었어요.
그런데 소중하다고 생각했던 민감한 친구가
다툰 일로 자신을 차갑게 대하고
자신이 이렇게 힘들 때 옆에 있어주지 않는 것 같아 생각했죠.

아 나를 소중하게 생각하지 않는구나
나도 마음의 거리를 둬야 겠다 생각했어요.
원래는 둘도 없는 친한 친구였는데.

이 내용은 실제 상담 내용입니다.

슬픕니다. 같은 마음인데 서로가 오해로
멀어지게 되면
시간이 지나 후회가 남는 경우가 많습니다.

우리는 중요하게 생각하는 게 서로 다릅니다.
그래서 '나를 소중하게 생각했으면 이렇게 행동했을거야'라고
나 혼자 생각하고 그렇게 행동하지 않은 상대를
미워하다 보면 나는 누구든 결국에는 미워할 수밖에 없습니다.
왜냐면 모두가 내 생각대로 늘 행동하지는 않을 테니까.

그리고 어쩌면
상대는 자신이 소중한 사람에게 쓰는 언어나 행동과 방식을
나에게 이미 자주 했을지 모릅니다.

왜냐면 우리는 사실 연인 사이가 아니라면
'너는 나에게 소중한 사람이야
세상에 하나뿐인 귀한 사람이야'라는 말을
자주 하지는 않거든요.

연인 사이어도 성향에 따라서는 자주 하지 않을지 몰라요.

대신에 우리는 자신이 누군가를 소중한 사람이라 생각하면
자신만의 언어와 방식으로
그 소중함을 꼭 표현하고 상대를 대합니다.

저희 어머니는 목소리가 큰 편이신데
누가 보면 화가 난 줄 알지만
정말 친한 사람, 좋아하는 사람에게는
목소리를 크게 내시거나
'밥 잘 챙겨 먹었냐'라는 말을 자주 하세요.
'너 소중해'라고 말하지는 않지만.

그게 곧 소중한 사람에게 하시는 표현입니다.

누구는 연락을 중요하게 생각할 수도 있고
누구는 연락보다는 혼자 있는 시간에 더 평온함을 느껴
사람을 자주 만나지는 않지만

가끔 만나는 사람을
소중한 사람이라 생각할 수도 있고요.

그러니 우리는 모두 다릅니다.
이 다름을 인정하는 것이
진짜 관계의 시작일지 모릅니다.

그래서 내가 혼자
이렇게 하면 나를 소중하게 생각하는 사람이고
'내가 생각한 그 행동을 나에게 해주지 않으면
나를 소중하게 생각하지 않는 거야'라는 생각은
많은 오해를 불러올 수 있고

반대로 상대가 나에게
소중한 사람이라 생각해서 하는 행동이
내가 소중한 사람에게 하는 행동과는 달라
상대가 나를 소중하게 생각해주는 그 마음을
놓칠 수도 있습니다.

그러니 우리는 혼자 미워하고 거리를 두기 이전에
적어도 최선을 다해 대화해봐야 합니다.

정말 도덕에 어긋난 게 아니면
'내가 옳아 네가 틀려'가 아니라
'너는 그래서 말귀를 못 알아들어'가 아니라
'우린 달라 각자 이랬구나 그럴 수 있어'

그리고 정말 내가 받아들이기 힘든 부분은
부탁하고 맞춰나가면 좋겠습니다.
물론 부탁해도 나를 계속 힘들게 하면
어쩔 수 없이 거리를 둬야겠지요.

적어도 내 마음과 상황을 상대가 혼자 생각하게
내버려두지 않고 내가 얘기해주는 것이
상대에 대한 배려이고 그것이 대화라 생각합니다.

상대가 미워졌고 서운해졌다면

내가 밉고 서운하다 생각한 일이
상대와의 관계에 앞으로
문제가 될 것 같다면
서로의 마음을 대화해보는 거죠.

대화하는 이유는
나한테 그 사람이 소중한 사람이기에
그 사람이 말할 수 있는 시간을 주는 겁니다.
그리고 나도 내 마음을 전하는 거죠.
누가 옳다 틀리다가 아니라
두 사람이 좋을 수 있는 방향으로 대화하는 거죠.

소중한 사람이란
내가 어떤 기준을 정해서
이렇게 하면 나를 소중하게 생각하는 사람
그렇게 하지 않으면 소중하게 생각하지 않는 사람이 아니라
소중하기에 대화할 시간을 주는 거예요.

혼자 생각하고 혼자 판단하고 혼자 벽을 두면
힘들고 외로워집니다.

말하지 않는 내 마음을
정확히 파악해서 나를 이해해주길 바라기보다는
내가 최소한 내 마음을 이야기해보는
노력이 필요합니다.

물론 이렇게 말할 수 있습니다.
'그냥 마음에 안 드는 인간관계는
머리 아프게 생각 안 하고 끊어내는 게 답이에요'

그럴 수 있습니다. 그건 개인의 판단이니까요.

그러나 그럼 나는 아주 오랜 추억을 가진 사람도
끊어내게 될 수 있습니다.
그리고 한순간의 오해로 소중함을 끊어낼 수도 있고요.

오래되거나 사랑하거나 가족이거나
끊어내기 힘든 사람을 만나면
끊어내지 못해 괴로울 수 있습니다.

그런데 만약
대화해서 말이 통하지 않고
서로가 너무 생각이 다르다면
오히려 더 화가 나고 더 이해가 가지 않는다면

거리를 두길 추천합니다.

인간관계는 내 마음이 편한 거리가
그 사람과 내게 가장 잘 어울리는 거리입니다.

모든 사람과 가까운 거리를 유지할 수는 없습니다.
모든 사람에게 사랑받을 수도 없습니다.
그러나 내가 나를 사랑하지 못하는 사람은
모든 사람과 가까운 거리를 유지하려고 하거나

모든 사람에게 사랑받으려고 합니다.

그래서 서운한 걸 얘기를 잘 못합니다.
대화를 해야지 이렇게 마음을 먹어도.

인간관계에 있어
어느 날은 회의가 들 수도 있고
어차피 아무리 노력해도 결국은 인간관계가
잘되지 않는다고 생각 드는 날도 있을 수 있습니다.

그게 또 자신의 자책으로 이어질 수 있고요.
아 내가 사랑받을 수 없는 사람인가
아 내가 부족한 사람인가

아닙니다.

원래 평생 함께 할 사람을 찾는 건
쉽지 않은 일입니다.

다만 지금은 그 여정 중인 거라 생각합니다.
나와 서로 잘 맞는 사람을 찾기 위해
여러 사람을 만나보는 중.

그 여정 중에 대화는
조금 더 소중한 사람을 지켜내고
내가 더 노력하지 않아도 될 사람을 명확히 알려주고
거리가 필요한 사람을 알게 해줄 겁니다.

지금 인간관계로 힘들어하고 있다면
용기내서 대화해보길 응원합니다.

인생에서 가장 행복한 날은
적당한 햇살이 비추는 오후에
내가 좋아하는 사람과 웃으며
별로 시답지 않은 농담을 나누며
함께 길을 걷는 것이 아닐까 생각합니다.

나와 잘 맞는 사람을 찾는 인생의 여정 속에서
나도 꼭 그런 사람을 만날 수 있기를 바라며
그리고 만났다면 그 사람과 오래 함께 걸을 수 있게
힘들 땐 더 많은 대화를 나눠보길 추천드립니다.

사람을 대하는 게 편하지 않고
자꾸 벽이 생기는 이유

내가 사람을 편하게 못 대하고
자꾸 나만 벽이 생기는 이유는
내가 너무 완벽한 모습, 좋은 모습만 보이려고
거리를 두기 때문입니다.

완벽한 사람, 좋은 모습만 있는 사람은 없습니다.
사람은 실수도 하고 부족하기도 합니다.
그 모습이 가까워지고 싶은 사람과 이야깃거리가 되고
서로 공감이 되기도 합니다.

그러니 벽을 없애고 싶다고 하면
완벽한 나가 아닌 그냥 나로서 사람을 만나는
연습을 해보길 추천합니다.

그럼 나를 좋아하는 사람이 모두는 아니지만
분명 있을 테고 그 사람과 벽 없이 지낼 수 있고

나로서 있을 때 미움받았을 때도

그 사람으로 위로받을 수 있습니다.

"그래 나를 좋아해주는 사람도 있어."

이렇게 따뜻하게요.

공허

삶이 공허할 때가 있습니다.
친구가 없기 때문도 아니고
일이 잘 안돼서도 아닙니다.

무엇보다 내가
내 진짜 속마음을 나눌 사람이 없기
때문입니다.

칭찬

당신이 옆에 있는 사람을 계속 반복적으로
칭찬한다면
그 사람은 자신이 정말 그렇게 괜찮은 사람이라는
생각이 들기 시작하고 자신감이 생깁니다.

그러나 당신이 옆에 있는 사람의 단점만을 계속 지적하면
그 사람은 자신이 별로인 사람이라 생각해
자신감이 낮아집니다.

당신이 부족한 점을 얼마나 많이 말해주냐는
별 도움이 되지 않습니다.
그건 이미 상대도 알고 있는 단점일 수 있고
기분만 나쁠 수 있습니다.

그러나 당신이 칭찬을 얼마나 많이 해주냐는
상대가 자신감을 찾는 데
굉장히 큰 도움이 됩니다.

저는 어릴 때 글씨를 굉장히 못 썼는데요.
선생님께서 제 글을 보고
한 번도 글씨가 이상하다고 말씀하신 적이 없었습니다.
대신에 제 글의 표현이
섬세하다 예쁘다는 칭찬을 굉장히 많이 해주셨고
시간이 지나 제가 글을 쓰는 데 용기를 얻는 데
큰 도움이 되었습니다.

작은 것을 칭찬하는 건
그 사람이 나중에 큰 어려움도 이겨낼
큰 용기를 주는 것과 같습니다.

행복

나를 힘들게 하는 사람도 있지만
대화가 잘 통하고
생각이 비슷하고
장난칠 수 있는
마음이 맞는 사람과 함께하는 건
마음이 편안해지고 참 행복한 일입니다.

우리가 진짜 행복을 느낄 때는
내 것이 많을 때가 아니라
내가 좋아하는 것을
함께 나눌 사람이 있을 때입니다.

생각 쓰레기통

생각이 너무 많은 날은
생각 쓰레기통이 있었으면 좋겠습니다.

어떤 생각이어도 적어서 넣으면 사라지는
쓰레기통이.

생각

1. 너무 오래 혼자 생각하지 마세요.
너무 오래 혼자 생각하다 보면
사실과는 전혀 상관없는
다른 생각들을 하다 힘들어집니다.

2. 생각이 너무 많아 멈추고 싶어도
스스로의 의지로 조절이 안된다면

대부분 이런 경우는 혼자 너무 오래 있어서입니다.

그럴 때 가장 좋은 방법은 사람 만나기 싫다고
계속 혼자 있지 말고 다른 사람을 만나고
꽤 오랜 시간을 대화하는 것입니다.

그럼 그 시간만큼은 생각에서 멀어지고
시간이 지나 다시 생각했을 때는 생각의 무게가
분명 가벼워져 있습니다.

변화

아무리 각오와 다짐을 해도
사람은 쉽게 안 바뀝니다.

그럼 본인이 가장 힘듭니다.
나는 왜 이럴까라는 생각에.

하지만 사람은 분명 무언가를 반복하면
익숙해지기도 합니다.

그게 우리가 변하고 싶은 모습이 있다면
한 번에 안 된다고 포기하지 말아야 할 이유입니다.

계속 바뀌기 위해 노력한다면
우리는 그 노력에 익숙해지고 어느새 변하게 될 테니까요.

선택을 잘하지 못하는 3가지 이유

1. 내가 나를 믿지 못하기 때문입니다.
그래서 어느 것도 틀릴까봐 선택할 수 없습니다.

2. 다른 사람보다 훨씬 더 너무 먼 미래까지 생각해서입니다.
어느 것을 생각해도 불확실하게 느껴지고
불안함을 느껴 선택할 수 없습니다.

3. 내가 잘하지 못했을 때
스스로가 스스로를 굉장히 많이 미워하고
내가 부족한 모습을 보일 때
크게 자신감이 낮아지는 경우입니다.

선택에 있어 변하지 않는 사실

1. 결과는 아무도 알 수 없다.
그래서 지금 무엇을 선택하든 정답은 없다.

2. 어떤 선택을 하든 안 좋은 점도 따르고
어떤 선택을 하든 좋은 점도 있다.
중요한 건 무엇이 내게 더 필요하냐이다.

3. 내가 나를 믿어야 한다.
믿지 못하면 선택을 못 한다.
믿는다는 건
어떠한 일이 있어도 결국 내가 잘 해결해낼 거라는 믿음이다.

4. 나는 모두를 만족시킬 수 없다.
내가 보기에 후회가 없으면 되는 것이다.

미래를 준비하지 않으면

놀기를 좋아하고 미래를 준비하지 않으면
시간이 지날수록 내 삶은 점점 더 힘들어집니다.

시간이 지날수록 삶이 성장하는 사람이 있고
시간이 지날수록 삶이 제자리인 사람이 있습니다.

대단한 성공을 말하는 것이 아니라
삶을 내가 원하는 것들로 채워갈 수 있냐입니다.
그 차이는 지금 시간을 어떻게 쓰느냐입니다.

누구는 지금 하루 종일 걱정만 하고
누구는 지금 하루 종일 놀기만 하고
누구는 지금 자신이 바라는 삶으로 지금 삶을
집중과 노력으로 만들어갑니다.

시간이 지나
누가 더 자신이 만족스러운 삶을 살지는
이미 지금 모습으로 정해집니다.

미래에 막연한 행운이 올 거라 희망하는 건 좋지만
그걸 믿음으로 두고 현재 이 순간에 적당한 이유를 말하며
늘 제대로 하지 않는 건
원하는 만큼 노력하지 않는 건

미래에 어떤 희망도 없는 것과 같습니다.

다른 사람이 나를 어떻게 볼까
다른 사람이 나에게 무슨 말을 했을까
친구가 몇 명인가
다른 사람이 뭐를 지금 하는데
나는 왜 못 해봤을까

그런 건 전혀 중요하지 않으므로
정작 내가 집중하고 해야 할 일들을
놓치면 안 됩니다.

그 방식으로 살아간다면

당장 성과가 없거나 혹은 실패해도
그 방식으로 계속 살아간다면
분명 시간이 지날수록
그렇게 살지 않았을 때보다
삶에서 훨씬 내가 좋아하는 것들을
얻게 될 거라 믿습니다.

당신이 그런 사람이 될 수 있기를 응원합니다.

어떻게 바라보는가

당신이 진정
중요하게 생각해야 될 건
남들이 나를 어떻게 바라보는가
남들이 나를 어떤 사람으로 정의하는가가 아니다.

왜냐면 그건 당신이 아무리 애써도
당신 마음처럼 안 되고
자주 바뀌고 변화할 것이다.

그것이 당신의 삶에서 중요하고
전부인 것처럼 생각하는 순간부터
당신은 삶의 공허함과 불안함이
시간이 갈수록 커질 것이다.

그래서 당신은 더 사람들을 찾게 될 것이고
더 많은 사람들에게 좋은 시선을 받기 위해
애쓸 것이다.

그렇게 시간이 지날수록 공허함과 불안함은
감당할 수 없을 정도로 커져 있다.

그럼 인생이 끝난 것 같은 느낌
그동안 행복하지 않았다는 생각에
앞으로도 행복할 수 없을 것 같으며
인생을 잘못 살아온 느낌이 들지 모른다.

왜냐면 당신은 그동안 다른 사람의 시선과
좋은 관심을 받기 위해 굉장히 애썼지만
아무리 애써도 당신의 공허함과 불안함은
나아지지 않고 점점 더 커지자
당신은 감당할 수 없게 되자
애써도 더 불행해지는 삶의 느낌에
더 이상 의욕이 나지 않고 앞으로가 두려울 것이다.

그러나
당신 삶에서 가장 중요하게 생각해야 될 건

남들이 나를 어떻게 바라보느냐가 아니라
당신이 당신을 어떻게 바라보며 살아가느냐이다.

당신이 당신을 할 수 없는 사람으로 바라보는가
당신이 당신을 불쌍한 존재로 바라보는가
당신이 당신을 가난한 사람으로 바라보는가
당신이 도덕에 어긋나지 않은 몇 번의 실수로
당신을 죄인으로 바라보는가
당신이 당신을 정말 구제불능이고
인생을 실패한 사람으로 바라보는가
당신이 당신을 자존감이 낮고
사랑받을 수 없는 사람으로 바라보는가

당신이 당신을 어떻게 바라보는가
그것이 가장 중요하다.
당신이 신경 쓰고 집중하고 고민해야 될 건 그것이다.
당신이 당신을 더 가치 있게 바라보는 것
그리고 그 가치를 증명해나가는 것

나아가 생각해야 될 건

당신이 당신을 어떻게 바라보는지

당신이 당신의 삶에서 무엇을 바라보는지

당신이 당신 삶에 관심 있는 건 무엇인지

당신이 당신 삶에서 가장 중요하게 생각하고 있는 것이 무엇인지

당신이 어떨 때 웃는지

당신이 어떨 때 슬픈지

당신이 하고 싶은 일은 무엇인지

이렇게 외부의 시선에서 벗어나

나의 내면에 관심을 갖고 집중하며

하나의 질문에 답을 찾아갈 때마다

공허함과 불안함은 줄어들고

진정 내가 잘 살아가고 있다는 느낌을 얻을 것이다.

당신은 지금 당신을 어떻게 바라보고 있는가?

해야 될 말과 하지 말아야 될 말

해야 될 말과 하지 말아야 될 말이 있습니다.
이 말을 해서 상대가 기분이 상한다면
아무리 도움이 되어도 하지 않는 게 좋습니다.
도움이 된다는 건 내 착각입니다.

정말 도움을 주고 싶다면 끝까지 옆에 있어주세요.
그리고 도움을 요청할 때 도움을 주세요.

이 말을 해서 상대가 기분이 좋아질 것 같다면 하세요.
예를 들어 칭찬과 격려, 인정의 말은 해도 좋습니다.

그러나 거짓말은 하지 마세요.
열심히 하고 있지 않은 사람에게 칭찬하거나
남을 욕하는 사람에게 옳다고 인정하거나
할 일을 습관적으로 미루고 자신의 인생을
노는 데만 쓰는 사람에게 괜찮다는 말 같은
거짓말은 하면 안됩니다.

오랜 연인이 있다면
서로에게 상처 주지 마세요.
시간이 지나도 지워지지 않습니다.

말로 상대를 지적하여 나에게 맞게 변화시킬 수 없습니다.
대신 상대가 가진 장점들을 좋은 말들로
기분을 좋게 하여 나와 있으면 행복하게 하여
나에게 맞춰주고 싶은 마음이 들게끔 할 수 있습니다.

상대에게 나를 이해해달라고 말하지 말고
내가 먼저 그를 이해하는 언어를 써보세요.
그럼 시간이 지나 상대도 나를 이해하기 위해
애쓰게 됩니다.

아무리 가까운 사람이어도 무시하는 말은 하지 마세요.
사람은 자신을 무시하는 사람과
거리를 두고 싶어 하는 성질이 있습니다.
그래서 두 사람은 결국 멀어질 것입니다.

상대를 아낀다고 말만 하지 말고
상대를 아끼는 말을 해야 합니다.

상대가 밉다면 굳이 좋은 말을 할 필요는 없지만
굳이 안 좋은 말을 할 필요도 없습니다.
적을 만들 필요는 없습니다.

당신이 서비스업을 한다면 친절한 말을 쓰세요.
그리고 당신이 손님이라면 서비스업을 하는 사람도
나와 동등한 사람이기에 친절한 말을
써야 합니다.

그러나 나에게 불친절한 말을 쓰는 사람에게는
참기만 하면 안 됩니다.
그럼 불친절함은 시간이 지날수록 나를 더 많이
불친절하게 대합니다.
나도 때로는 나를 지킬 수 있는 말을 써서
함부로 대하지 못하게 해야 합니다.

타인에게 불친절한 말을 자주 쓰는 사람은
대부분 자신보다 강한 사람에게는 겁을 먹고
자신보다 약하다 생각하는 사람에게는 겁을 줘서
함부로 대하려 합니다.

말은 상황에 따라 달라지지만
달라지지 않는 사실도 있습니다.

모든 말은 분명 돌아옵니다.
좋은 말을 많이 뿌리면
좋은 말이 많이 돌아옵니다.
부정의 말을 많이 뿌리고 불친절한 말을 많이 뿌리면
불친절한 말과 부정의 말들이 내게 돌아옵니다.

나에게 좋은 회사

나에게 좋은 회사는
힘들지 않은 곳이 아닙니다.
왜냐면 힘들지 않은 곳은 없습니다.

힘들지만 내가 버티고 싶은 곳이냐입니다.

그런데 계속 상처가 쌓이는 곳이면
버티고 싶지 않아집니다.

상처를 받다 상처가 쌓여 무기력해지고
버티고 싶지 않다면 그곳에 계속 있어 마음과 몸이 함몰돼
나중에 정말 아무것도 하고 싶지 않아질 수 있습니다.

용기를 내서 회사를 나와
내가 버티고 싶은 곳에서 버티는 게
내 삶에 좋은 선택일 수 있다고 생각합니다.

회사를 그만두고 싶다면

지금 다니는 회사가 마음에 들지 않아
그만두고 싶어 고민이 된다면
우선 지금 당장은 그만두면 후회합니다.

그만두고 나면 처음에는 좋지만
더 큰 고민이 생기기 때문입니다.

'이제 내가 뭐를 하며 먹고 살까?'

그래서 힘들지만 바로 그만두면 안 되고
지금 회사를 다니면서 시간이 되는 선에서
새로운 것을 찾아봐야 합니다.

예를 들어 이사를 간다고 하면
집을 먼저 팔지 않습니다.

이사 갈 곳을 먼저 정하죠. 이 차이는 매우 큽니다.

만약 집을 먼저 팔아버리면 갈 곳을 찾는 동안
있을 곳이 없어 걱정과 두려움, 불안한 마음이 커집니다.

절대적 정답은 아니겠지만
쉬고 싶다고 그냥 먼저 그만두기보다는
다음 이사 갈 방향 정도를 찾고 그만두는 건 어떨까요.

하지만 말은 쉽지만 지금 회사를 그만두고
내가 좋아하는 걸 찾아 이사 갈 곳을 찾는다는 게 쉽지 않습니다.

왜냐면 지금 회사를 다니는 것만으로도 벅차기 때문이죠.

한번에 당장 찾아야 된다는 생각이 클수록
조급해지고 벅차게 느껴집니다.

나에게 당장이 아닌 충분한 시간을 두고
이사 갈 준비를 할 시간을 주기를 추천합니다.

일주일에 한 번도 좋고 이주일에 한 번도 좋습니다.

시간을 들여서 우리는 좋은 집을 찾기 위해
최대한 많이 발품을 팔고 봐요.

그건 시간 낭비가 아니라 지금 내 선에서
가장 좋은 집을 찾기 위한 단 하나의 방법이니까요.

일도 마찬가지입니다.
나와 잘 맞는 일을 정하고 싶다면
최대한 많이 시간을 가지고
여러 가지를 만나보는 것입니다.

그럼 지금 회사와 그곳들을 비교해서
나에게 더 맞는 것을 선택할 수 있습니다.

나에게 맞는 일을 하세요.
그게 당신이 가장 잘할 수 있는 일입니다.

불안해도 되는 일

누구나 직장을 그만두거나
취업을 오랫동안 못 하거나
연인과 헤어지거나
어떻게 나아가야 할지 모를 때는
불안하고 걱정스럽고 힘듭니다.

이런 상황에서 불안해하면 안 된다고 생각하고
얼른 괜찮아지려는 마음이
나를 더 힘들게 합니다.

지금 상황은 불안하고 걱정스러운 게 맞습니다.
그래서
불안해하고 걱정해도 됩니다. 마음껏.

다만 포기하지는 않았으면 좋겠습니다.
계속 가다 보면
나에게 맞는 좋은 것도 만나게 될 테니까요.

조금만 더 살아보세요

어느 날 보니
지금의 내 모습이 마음에 들지 않다면

지금 가장 친한 친구가 없다고 하더라도
지금 입고 싶은 가장 좋아하는 옷을 입을 수 없다고 하더라도
지금 당장은 가장 활짝 웃을 일이 없다고 하더라도
지금 견딜 수 없을 만큼 과거의 일이 후회스럽더라도
지금 잘하고 있는 게 하나도 없다는 생각이 들더라도
지금 가야 할 길이 확신이 들지 않더라도
너무 걱정하지 마세요.

분명

미래에 예상 못 한 좋은 일이 기다리고 있을 것이고
어느새 어떤 작은 일에 아주 활짝 웃는
자신의 모습을 보기도 할 것이고
확신이 없다 생각한 일 뒤에 어느 날은
스스로 만족할 만한 성과도 만나게 될 것입니다.

끝을 알 순 없지만 지금의 사랑을 충실히 하다 보면
내 옆에 있는 사람이
영원히 함께 할 사람인지 아니면 떠나갈 사람인지
애쓰지 않아도 알게 될 것입니다.
친구가 없다고 생각하는 어느 날
대화가 아주 잘 통하는 사람과 즐겁게 대화를 나누다
친구가 되는 나를 발견하기도 할 것입니다.

분명 그럴 것입니다.

그러니 조금만 더 살아보세요.
좋은 일이 있어서 사는 게 아니라
어쩌면 우리는
살다 보면 좋은 일을 하나둘 만나게 되는 것 같습니다.

오늘 밤
그동안 홀로 힘들었던 당신의 무게가
조금은 가벼워지길 바랍니다.

홀로 많은 어두운 밤을
참고 이겨내느라
고생하셨습니다.

비교

나만 뒤처진 게 아닐까
불안한 날이 있습니다.

그럴수록
더 많은 사람들과
비교하게 됩니다.

그럴수록
더 불안합니다.

그래서 이제는
비교하지 않기로 했습니다.

왜냐면 냉정히
비교는 아무 도움이 되지 않으니까

그러나 막연히 '늦어도 괜찮다'라는 말도
도움이 되지 않는다는 걸 알기에

그래서 이제는 불안한 만큼
내 삶에 최선을 다하기로 했습니다.

시간이 지날수록 더 멋지게
변하기 위해

과거의 안 좋은 이야기를 계속 생각하지 마세요.
그건 이제 끝난 이야기입니다.
지금은, 오늘은
새로운 이야기를 쓸 차례입니다.

걱정이 많은 이유는

잘하고 싶은 마음이 너무 커서
미래에 생길 모든 문제를 지금 미리
풀려고 해서 그렇습니다.

그래서 현재 즐거운 일들에 집중하지 못하고
걱정하느라 늘 현재를 힘들어합니다.

현재가 당장 무슨 일이 일어나서 힘들기보다는
스스로의 생각으로 스스로가 힘든 날이 더 많습니다.

어떤 생각이든
반복해서 자꾸 생각하면
심각하고 큰 생각으로 변합니다.

내가 지금 하는 걱정이 대부분 그렇습니다.

새로운 길을 가고 싶은데
불안하고 두렵다면

새로운 길을 가고 싶은데
여러 가지 생각으로 불안해서

그냥 기존에 하던 걸 할지
아니면 새롭게 시작해야 될지
이런 생각으로 힘들다면

새로운 길을 가보길 추천합니다.
이유는 우리는 정말 좋으면
여길 떠날까 말까 고민 같은 건 들지 않거든요.

그런 생각이 든다면
지금 있는 곳이 나에게 정말 좋은 곳이 아닌 겁니다.

그리고 나에게는
내가 고민되지 않을 만큼 좋아하는 걸
찾을 시간이 아직 많이 남아 있습니다.
내가 20대 30대라면.

시간이 없다고 하지만
실패하면 다시 시작하기에
너무 늦을 것 같다고 하지만

당신 인생에서는
지금이 가장 시간이 많고
실패하더라도 다시 시작하기에
가장 좋은 나이라 생각합니다.

매일 같은 고민으로 살지 않기 위해
새로운 길로 가고 싶다면
여러 불안한 생각을 이겨내고
가보길 추천합니다.

지금의 고민을 해결할 수 있는
유일한 방법입니다.

그러나 해보지 않고 지금 이 자리에

가만히 있으면 나는 10년이 지나도
이 생각을 하고 있고
이 생각으로 힘듭니다.

행복해지는 방법

1. 누가 나를 안 좋게 보든
내가 그 사람에게 피해를 준 게 아니면
누가 나를 안 좋게 보든 상관없습니다.
인생은 행복한 사람이 이기는 것입니다.

그래서 내 행복만을 잘 열심히 만들어가면 됩니다.
그래서 타인의 시선을 많이 의식할 필요 없습니다.

누가 나를 좋게 본다고 해도
내가 그 시선을 받기 위해 노력하는 게 행복하지 않고
불안하고 신경 쓰느라 행복하지 않으면
그 좋은 시선은 내게 아무 의미가 없고 필요한 시선이 아닙니다.
시선에서 벗어나 내 행복에 집중하면 됩니다.
내가 행복하면 주위 시선이 인기가 없어도 별로여도
나는 잘 살고 있는 것입니다.

2. 긍정적인 사람이 된다고 삶이 행복한 것이 아닙니다.
물론 부정적으로 받아들이는 습관보다

긍정적으로 이해하고 넘어가는 습관이
내 마음을 더 편하게 해주는 건 사실이지만
내가 긍정적인 사람이 된다고 내 인생이
행복한 것은 아닙니다.

왜냐면 행복이란 만족감과 같은 말입니다.
만족감이 지금 삶에서 없는 상태라면
긍정적인 사람이 되기 위해 노력하고
그렇게 하지 못하면 자책할 게 아니라

내 만족이 무엇인지
그리고 내가 어떻게 하면 만족감을 얻을지
고민해봐야 하는 것입니다.

그럼 대부분
이 고민을 만나게 됩니다.

내가 어떤 것에 만족감을 느끼는지

다시 말해서 내가 무엇을 좋아하는지
몰라서 고민이라고

물론 좋아하는 게 있습니다. 사람들은 모두.

음악을 듣거나 맛있는 걸 먹거나
피곤할 때 낮잠을 자는 걸 좋아한다면
그러나 이런 건 나만 좋아하는 게 아니라
모두가 좋아하는 것이고
이걸 해도 만족감이 없고 요즘 집중이 잘 되지 않는다면
기존 것이 아닌
새로운 만족이 필요합니다.

그러나 다행인 건
우리는 큰 것에만 만족을 느끼는 것이 아니라
크든 작든 아주 작은 것에도
살면서 만족감을 느낄 때가 있습니다.

어떤 때 만족감을 느끼시나요?
어떤 때 만족감을 느끼는가 생각해보면
스스로가 스스로에게 필요한 걸 해줄 때
스스로가 스스로에게 원하는 걸 해줄 때

그래서 배가 고프면 밥을 먹을 때
졸리면 잠을 잘 때
열심히 일한 뒤 힘들면 쉴 때
만족감이 생깁니다.

내가 하고 싶은 건데 할 수 없는 것이라고
스스로 판단되면 그건 빨리 포기하는 게 좋습니다.

우리는 스스로가 무엇이 필요한지 알 때는
만족감을 채우기 쉽습니다.

물론 살다 보면 무엇을 원하는지 알지만
채워줄 수 없을 때도 있기는 합니다.

그러나 지금 일차적으로 고민인 건
내가 무엇을 필요로 하는지 모른다는 것
다시 말하면 내가 무엇을 좋아하는지
몰라서 고민인 것입니다.

그럼 내가 좋아하는 것을(내가 필요로 하는 것)
어떻게 찾나 그 방법에 대해
말씀드리려고 합니다.

그 방법에는 한 가지가 있습니다.

내가 나에게 실패할 기회를
많이 열어주는 것입니다.

이게 무슨 말이냐면
좋아하는 것을 찾기 위해서는
내가 지금 무엇이 필요한지 알기 위해서는
새로운 것을 만나봐야 합니다.

떡볶이를 먹어본 적이 없는 사람이
내가 떡볶이를 좋아하는지 좋아하지 않는지
생각만으로 알 수 없고
떡볶이를 먹어본 적이 없는 사람이
나에게 떡볶이가 필요한지 알 수 없습니다.

그래서 먹어봐야 압니다.
그런데 먹어봤는데
안 필요하고 안 좋아하는 것일 수도 있습니다.

이렇게 안 필요하고 안 좋아하는 것을
만나는 것을 인생에서 실패라고 생각해
생각만 하고 결국 아무것도 안 하는 사람이 있습니다.
그럼 행복할 수 없습니다.

왜냐면 그 사람은 자신이 무엇을 좋아하는지
무엇이 필요한지 몰라 채워줄 수 없어
행복할 수 없습니다.

물론 앞에서도 말했지만
좋아하는 게 있긴 하지만 모두가 좋아하는 것이거나
나에게 익숙해져서 별로 큰 만족감을 주지 못하는 것일 때
우울해집니다.

그래서 그럴 때는 새로운 나의 만족이 무엇인지
알아야 할 때입니다.
아주 작은 것이어도.

어떻게 아냐고 묻는다면

새로운 것을 경험해봄으로써
내가 좋아하는 게 아닐 수도 있다는 걸
실패하고 실수할 수도 있다는 걸 인정하는 것입니다.
그때 나를 미워하는 것이 아니라.

왜냐면 그 방법만이
나의 만족을 알아가고

내가 행복할 수 있는 방법이기에.

물론 지금 삶이 너무 만족스럽다면
앞의 얘기는 해당되지 않습니다.
이미 만족스러우니 지금에 집중하는 것이
중요합니다.

나에 대한 그런 생각이 없이
그냥 하루하루 남들이 하니깐
누가 나를 미워할까봐
'남들이 나를 안 좋게 보면 어쩌지'라는 생각에 맞춰
살아가게 되면
내가 점점 부정적으로 변합니다.
왜냐면 내가 채워지는 느낌이 아니라
계속 소모되는 느낌이기에.

스스로가 행복한 삶의 시간을
찾아줄 수 있었으면 좋겠습니다.

과거로 돌아간다면

만약 내가 과거로 돌아간다면
단 하루도 걱정하지 않을 것이다.
지나고 보니 걱정한 일은 아무것도
일어나지 않았다.

만약 내가 과거로 돌아간다면
가능한 최대한 시간과 돈을 많이 써
많은 곳을 여행을 갈 것이다.
돌아다니는 여행 자체도 물론 좋지만
나에게 최고의 여행 장소를 찾아
거기를 자주 갈 것이다.

만약 내가 과거로 돌아간다면
사랑을 할 때 그 사람에게 최대한 잘해주고
누구의 말이 더 맞나 틀리나를
노력하여 논쟁하기보다는
그 사람을 즐겁게 해주기 위해
노력할 것이다.

그래야 사랑하는 동안 더 행복하다는 걸
알게 됐기 때문에.

만약 내가 과거로 돌아간다면
20대를 정말 열심히 살 것이다.
뒤돌아보지 않고
무엇이든 해볼 것이고
무엇이든 부딪히고 나만의 길과
답을 찾아가볼 것이다.
그 시간을 어떻게 보내느냐가
남은 80년 인생을 크게 좌지우지할 테니까.

만약 내가 과거로 돌아간다면
매일은 아니지만 자주 책을 읽고
좋아하는 작가를 찾을 것이다.
그 책과 작가의 글이
내가 길을 잃었을 때
좋은 쉼과 나아갈 길이 되어줄 테니까.

만약 내가 과거로 돌아간다면
가능한 더 많은 사람에게 솔직히 대할 것이다.
그들과의 관계가 틀어질지도 모르지만
틀어진 관계보다
틀어져야 되는데도 내가 상처받으며
붙잡고 있는 관계가 더 안 좋다는 걸
알게 됐기 때문에.

만약 내가 과거로 돌아간다면
내 앞길에 대해 누구의 얘기도
듣지 않을 것이다.
나를 잘 아는 사람은 나보다 없기에

마지막으로
만약 내가 과거로 돌아간다면
지쳐 있는 나에게
미래의 내가 생각 못 한 좋은 일도
만나게 될 거라는 희망을 자주 들려줄 것이다.

희망을 갖는다는 건

힘든 시간을 헤쳐 나갈 큰 용기가 되었기에.

내게 중요한 것과
중요하지 않은 것들

좋아하는 걸 찾기에
남들보다 늦었다는 건 중요하지 않다.

시험에 떨어진 건 중요하지 않다.

인간관계가 두려운 건 중요하지 않다.

내가 의지가 얼마나 약한 사람인지는 중요하지 않다.

내가 지금 얼마나 두려운지는 중요하지 않다.

지난 과거의 상처는 중요하지 않다.

왜냐면 그건 사실이니까
아무리 생각하고 자책한다 해도 달라지지 않는 사실이니까.

그러나 그 사실을
다른 사실로 바꿀 수는 있다.

당신이 앞으로 어떻게
어떤 방향으로 노력하면 달라질지를 생각하는 것.

그것이 지금 내게 중요하다.

사람은 살면서 셀 수 없이 여러 번 실패한다.
그리고 셀 수 없이 불안하고 두렵고
셀 수 없이 상처받고
셀 수 없이 의지가 약해진다.

중요한 건 그것만 매일 생각하며
하루를 보내는 것이 아니다.
중요한 건 나는 달라지기 위해
어떤 방향으로 노력하면 좋을지를 생각하는 것이다.

그 방향이 백프로 성공할 수는 없지만

결국 그 방향을 생각하는 방식이

당신의 삶을 더 나아지게 한다.
당신이 만난 문제로부터 멀어지게 할 수 있다.

삶과 마음이 무너지는 건
아무리 생각해도 달라지지 않는
마음에 들지 않는 사실만을 계속 반복해서
생각할 때이다.

그럼 점점 의욕이 사라지게 된다.
계속 이렇게 앞으로도 힘들 거라는 생각이 들기에.

자존감이 낮은 아이

자존감이 낮은 아이가 있었습니다.
매일매일 혼자 지내는 아이였습니다.

사람들이 자신을 어떻게 볼까
너무 두려워서

차라리 혼자가 되길 택한 겁니다.
매일 외롭고 우울하고 무얼 해도
신나지 않았습니다.

그때 어떤 아이가 다가와 이렇게 말했어요.

나와 친구하자

나는 네가 까탈스럽고 예민하고
어떤 모습이어도 좋아

사랑해

그 아이는 눈물이 났습니다.
자신을 좋아해주는 친구로 인해

그래서 용기가 나
새로운 친구들을 찾아가 만났습니다.

처음에 다가온 친구는
나 자신입니다.

나를 너무 미워하지 마세요.
내가 나를 제일 먼저 사랑할 때
나도 용기가 날 거예요.